맴돌다가

맴돌다가

발행일 2019년 3월 18일

지은이 원성진
펴낸이 손형국
펴낸곳 (주)북랩
편집인 선일영 편집 오경진, 최승헌, 최예은, 김경무
디자인 이현수, 김민하, 한수희, 김윤주, 허지혜 제작 박기성, 황동현, 구성우, 정성배
마케팅 김회란, 박진관, 조하라
출판등록 2004. 12. 1(제2012-000051호)
주소 서울시 금천구 가산디지털 1로 168, 우림라이온스밸리 B동 B113, 114호
홈페이지 www.book.co.kr
전화번호 (02)2026-5777 팩스 (02)2026-5747

ISBN 979-11-6299-588-4 03810 (종이책) 979-11-6299-589-1 05810 (전자책)

이 도서의 국립중앙도서관 출판예정도서목록(CIP)은 서지정보유통지원시스템 홈페이지(http://seoji.nl.go.kr)와 국가자료공동목록시스템(http://www.nl.go.kr/kolisnet)에서 이용하실 수 있습니다.

원성진 시집

맴돌다가

북랩 book Lab

차례

1부 살아내는

2부 자고 일어나

3부 사랑이라고

4부 자연이 말한다

5부 세상을 향한

살아내는

지워가야 할 것들

얼마큼 세월이 더 지나야
솔직해질 수 있을까?
얼마나 시간이 더 흘러야
지난 일은 모두 잊고도 살아갈 수 있을까?

한 줄 한 줄 이어가지만
말라비틀어진 수피보다 못하다
뭔가 창조해서 보이려고 하지만
이건 위선이다. 가짜다.

버려진 소주병 속 담배꽁초 같은 인생
밤이슬 주둥이 타고 내리더니
스멀 스멀 지 욕심 다 채우고
정말 엿 같은
똥물을 빈 병 바닥에 퍼질러 댄다.

추워지는 비가

가위로
잘린 내장을 씹는다
설 데워진 밥을 씹는다
아침을 씹고
소주를 씹는다

냄비에 먹다 남은
허옇게 굳은 내장탕을 끓였지
언 밥을 전자레인지에 돌렸고
싱크대 아래서 진로골드 한 병을 꺼냈어
새벽부터 비는 내리고

인생

그게 있잖아
지금이
끝은 아닐 것 같아

그래도
돈이 없으니까
불안하다
벌고 있지만 불안하다
불안하다

돈이 없으니까
마음이 제기랄 좀 그래
잠도 안 오고
두렵다

그래도 끝은 아닐 거야

눈물

어둠이 오는 시간엔
고향 집 이불 냄새가 먼저 서두른다.

어쩌다 그 시간에
찬바람이 같이 오면

그 냄새는
도시의 작은방 이불속으로

그리움으로
외로움으로
서러움으로

낮게
낮게 눈 밑으로 흐른다.

무게

어쩌다 지치고
휘어진 등을 보는 시선이
가장 두려울 때가 있다

때로는 남루하고
낡은 세상의 침묵이
가장 무거울 때가 있다

살다 보면 어색한 모습만으로도
알고 있는 마음이
가장 무서울 때도 있다

자판기

있는 건 있고 없는 건 없다 한다

근데 나는?

아픈 건

어제가 아니라 오늘

아니

내일이네

눈을 뜨면

시간은 일정하게 가는 것이 아니라
의식하고 자각하는 순간부터
점점 빠르게 흐른다

가속도에 가속도가 붙어

눈을 뜨면
시간이 흐른다

눈을 뜨면
눈을 뜨면

조용히 눈을 감는다

그래 좀 천천히

앞으로만

아니

뒷걸음으로
옆으로도
빙글 돌아

이따금 주저앉아 쉬어

산다는 게

만원 버스에 오르는 거
술 취해 비 내리는 하늘을 보는 거
앞뒤 없이 욕먹는 거

그래도 간다.

“끝나지 않는 아픔이 어디 있던가!”라고
하지 않던가.

삶은 순간

삶은 회상인가
어쨌든 회상도 순간이다

삶은 추억인가
어쨌든 추억도 순간이다

순간 속에 살다
순간 속에 간다

인생

살고 싶은 게 아니라 알고 싶은 걸까?

그 끝

한세월

어제 월요일이 오늘 일요일

1일은 어제 30일은 오늘

어제 여름은 오늘 겨울로

6살이 어제였는데 칠순이 오늘

그. 리. 움.

다른 것은 서로가 그리워한다. 부러워한다.

시기와 질투로 싸우거나 맞서는

투정은 어울리지 않는다

서로에 대한 그리움과 동경을 서로에게 보내는 찬사로

정과 동

호르는 세월

어둠 직전 빛의 산란 속으로 깊숙이 흘러가는 강물

그 강 너머에

항상 그 자리에 기다려주는 따뜻한 빛이 아슴해

응시

멈춤과 움직임은 서로를 응시한다

밤이 취하는 거지

밤이 늦어 자는 게 아냐
술이 취해 잔다
잠이 와서 자는 게 아냐
술이 취해 잠이 온다

서울의 삶

하루 종일
지하상가 분식집에서
일하고
음식 냄새 찌든 옷으로
지하철을 어죽 어죽 타고
반지하 원룸으로
몸을 누인다

자고 일어나

낮술에 잡힌 고래들

툭 치며 놓인 해장국 앞에 칼날 같은 선을 긋고 큰소리로 술을 불렀다
서너 잔 목 넘김은 오늘 일을 내일로 보내고 텅 빈 일상에 소금을 친 다

쥐어 짜낸 병들이 식탁 위에 아슬 거리면 이성은 가고 허세는 다시 오고
고래 한 마리 서로의 귓속을 밀고 들어가고 다시 입으로 튀어나온다

고래들이 떼 지어 발광을 하면 우린 바다로 간다
이 순간, 광기로 나온 이 순간이 황홀하다

훤한 대낮이 주는 부끄러움을 즐기며 술에 기대 파닥거리고
낯선 거리가 익숙해질 때까지 고래들을 놓아주지 못한다

금주

할 수 있다
없다

참을 수 있다
없다

이보다 더 큰 유혹은 없다
있다

밥그릇에 막걸리를 따른다.

시

글이 어른거려 보이지 않거나 쓰여지지 않거나

난 너를 쓴다

비는 시끄럽게 사납게

그래도

너를 쓴다

나는 오늘

시 뒤에 숨어 살고
시를 쓴다고 나불거리고
뒷길로 돌아서 옥탑방으로 간다

시 앞에 알랑거리고
시를 읽고 투덜거리고
뒷길로 돌아서 옥탑방으로 숨는다

이른 아침의 소묘

흙신 구겨 질질 끌고 아침이 오는 곳으로 사립문 조용히 밀고 빠져나간다 아직은 논밭 너머 산 능선도 멀리 보이는 가로수 길도 안개 속에 어른거리며 숨고 풀잎도 이슬 안고 잠들고 어제 지친 낫도 꿈쩍도 않고 젖어 누웠다 신발에 다 들어가지 못한 발뒤꿈치를 불입이 움찔움찔 차갑게 간질이면 발을 꺼내 바지 자락에 쓱쓱 문지르고 다시 신는다

눈 감으면 마을을 툭툭 치며 돌아나가는 아침 바람이 시원타. 바람이 소를 깨운다. 소는 눈만 껌벅거리고 바라보자 잠시 멈칫거리는 닭들은 다가서자 나랑은 마주치기 싫은 만큼 멀리 달아난다 앞다리 뒷다리 쭉쭉 펴더니 이내 따라붙은 강아지는 아직도 내 옆을 서성거리며 구석구석 킁킁거리고 오줌을 찔끔거린다. 고양이 한 마리 담을 따라 걷더니 가볍게 뛰어내려 닭장 쪽으로 향한다

종로구 금천시장

종로구 금천시장의 어둠은
도열한 네온사인 사이로
붉은 눈빛 무리들이
몰고 들어온다.

그 속에
어제 같은 오늘이
또 밤이
또 술이
그렇게

겨울로 갔다

겨울로 힘찬 출발은
저마다 찾고 기다리는 웅성거림으로
철컥거리는 아이젠 소리로
따닥거리는 스틱 소리로
출발을 알리고 이내 한 걸음씩 오른다.

시원한 바람 깊이 한숨 들이키고 내뱉고
땀에 젖은 빵모자를 벗어 머리카락 사이사이 두피 깊숙이 시원함을 집어넣는다.
오드득 거리는 겨울 밟는 소리에
새 소리가 멀다

계곡을 나란히 한 길은 겨울로 이어지고,
겨울은 점점 수북한 겨울로 가고
그렇게 계곡을 거슬러 백련사에 왔다
하얀 꽃이 피어 백련사라 했다는데 백련사엔 솜 타래 겨울 꽃이 한가득이다.

대웅전 기와 위에 쌓인 겨울을 태양을 만나
빛방울을 잉태하고 빛방울은 소원을 담은 양초 불빛 뒤로 아롱아롱 떨어진다.
삼배하고 나와 신발을 신는 머리 위로
풍경소리가 산사에 맑은 영혼의 탄생을 알린다.

함부로 다가서지도 달아나지도 못하게 하는
아찔한 대웅전 돌계단을 조심스레 내려서서
또다시 겨울을 밟고 살아온 세월, 살아가는 일상을
하얀 겨울 위에 서벅서벅 내려놓고 일상으로 돌아가는 길을 위로 한다

잠시 멈춰선 다리 위에 서서 아래로 지나는 겨울이 가득한 계곡을 본다
깡깡 언 겨울은 하얀 겨울을 덮고 그 아래로 깨끗한 겨울을 흘린다.
그곳엔 멈춰선 겨울과 내려앉은 겨울이 서로를 의지하고
흐르는 겨울과 이별한다.
조용한 물소리로.

서쪽으로 가는 배

뱃길 헤치는 선수의 바다 베는 소리
엔진과 한 몸으로 떠는 선체의 울림
펄럭거리는 온갖 것들
그들과 함께 해를 따라 서해로

붉게 붉게 녹아내린다
허우적대며 부글거리는 붉은 욕심 덩어리는
마지막 빛선 한 줄 한 줄로 붉은 파도를 넘어
훼리 구석구석 벌건 몸부림으로 핥고 있다

그래 내 온몸을 내어주마
나를 통해 내가 느끼는 모든 것을 줄 것이다
그리곤 한 점도 남기지 말고 다 핥아가라
솜털 사이사이 낀 각질 부스러기까지

입도 벌려주마
혀도 내밀어주마
내 속에 있는 전부를 가져가라
내 것은 아무것도 없다 다 가져가라

태양이 내뿜고 간 숨이
훈훈한 바람으로 핥고 지난 자리 말리면
붉은 욕심이 사라지고
바다는 색이 조용하다

투명한 달을 이마에 얹고
빼곡한 별을 덮고 누웠다
별똥별이 바늘같이 내리꽂힌다

이 배는 욕심이 사라진 곳으로

피아노 울림

녹아내리는 촛농은
우윳빛 바다를 지그시 누른다
하얀 포말 사이로
새까만 짱돌 징검다리
조심스럽게 건너며
하늘거리는 다섯 잎 갈래
음표를 스치는
나비들
가을을 주워 모아
머릿속을 차곡차곡 쌓았더니
끓는 기름에 물 튀듯
사라지는 섬들에
흩어지는 잡념

벼락은 비처럼 쏟아지고
힘센 갈고리
흑과 백을 뒤섞는다
깨진 유리알들
외줄 타고 다시 튀어 올라
심장을 파고든다
산골 외딴 초가에
흰 눈이 소박 소박
백자를 어루만지는
선율은
면도날로 시간을 잘라
적막 속에 울음을 밀어낸다
누더기 산발한
어지러움
훌훌
가지런히 오선 상에
두발을 모은

불효라 한다

뒤늦은 후회의 깊이는
너무 얇아

눈물로 위선을
참회로 가식을
제사상으로 자위를

벗어라
차라리 비겁하게 숨어라

불효가 그리움

찬바람 찢는 마른 밤
여기가
아픈 건 왜일까

잠 못 이루는 건
밤이면 찾아오는 발광 때문이 아니라
어둠이 싫어서라
설움이
그리움이
외로움이

냄새가 그리워서라

불효라 말하고

비겁한 존재
비겁한 모순
그것이 굴레

그것은 되풀이되고
후회는 다시 오고
비겁함만 남아

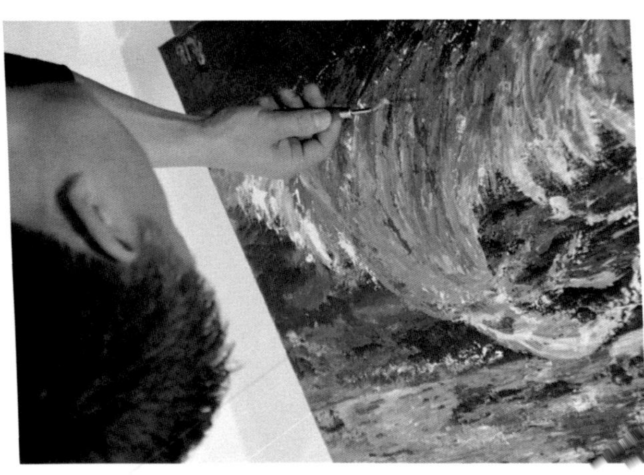

동행

가벼울 땐 요란스럽지
무거울 땐 과묵해

애써 말하지마
몰라 주는 것 같지만 안다

그래서 널 잡고 있는 거야
그래서 널

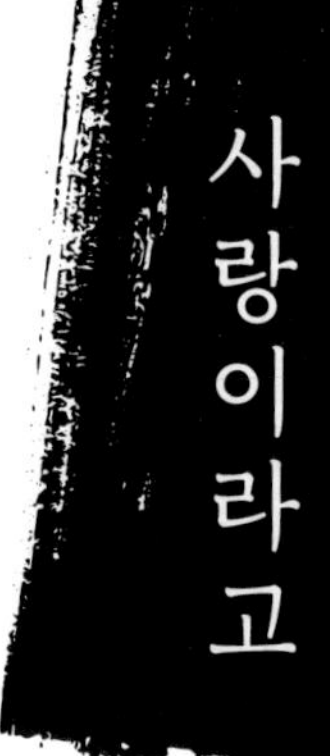
사랑이라고

바람이 조금 불면

바람이 조금 불면
떨어지는 꽃잎으로
내리는 비로
그리움으로 간다.

별빛 숨겨진 날에

시간이 흐른 지금도
문득문득 밤하늘 속에서
추억을 깨우는 눈길이 애달파 보여

그리움에 동행하던
그 별들은 푸른 스크린 뒤에서
어둠 속을 걷는 우릴 묶어두고 있을 거야

새 한 마리 깊숙이 파고드는 시간이 찾아오면
먼 곳에 있는 눈길이 보고 싶어
별빛만 심야버스에 태워 보내

곁에 서서

잠시만…

기다려야 합니다. 무작정 기다려야 합니다. 숨도 쉴 수 없을 만큼 답답함이 계속됩니다.

잠깐만…

또 기다려야 합니다. 아무것도 할 수 없습니다. 언제 다시 시작될지 모르기에 일시정지로 계속 시간이 흐릅니다.

가만히 있어 봐…

지금껏 가만히 아무것도 안 하고 있었습니다. 선 채로 앉은 채로 멈춘 그대로. 이렇게 늘 쳐다만 보고 끝도 없이 기다림이 지속됩니다.

다가갈 수도. 물러설 수도.

잠깐만.

아련함으로 가는 길

설렘은
그리움으로 간다

아직은 설렘이 있어
그리움도 있고
그곳으로 갈 수도 있어

잊혀진 만남과 사라진 만남은 과거로 보내고
그리운 만남의 설렘이 찾아와 추억 앞에 오들거리며 선다

그리움은 아직 이지만
설렘은 이미 그곳에서 그리움을 취했다

사이 거리

가까이 갈수록 멀어져
너무 가까이 오지 마
너무 멀어지니까

붉은 사랑

느닷없이
아리는 통증으로
뜨거운 파전 기름은
손등에 지울 수 없는 붉은 꽃으로 왔었다

지워질 것 같지 않았던 사랑이
거뭇거뭇 사라져간다

파전을 굽고 싶다
다시 하고 싶다. 사랑.

다이아몬드 사랑

나는 오늘 겁도 없이 죽는다
내일 아침은 까치가 울었다

나를 여기 두고 너에게 가는 게 아니라
나를 데리고 너를 향한다

어둠은 볼 수 없다 빛만 볼 수 있다
영원히 어둠은 보이지 않는다
두려워 마라

인간 스스로가
믿음을 강하게 하는 것이라면
사랑은 다이아몬드로 만들어라

너 없는 봄

척척한 봄 사이로

맑게 웃으며

눈을 파고드는

벚꽃을

개나리 밑동으로

처박아버렸다

화내지마

내게는 그러지 마

더 꼭 안아줘

꼭 그렇게 해줘

바람은 불어도

제자리
그대로
서 있다

난

사랑하나

술에 취해
니가 보고 싶다

얼굴이 찡해

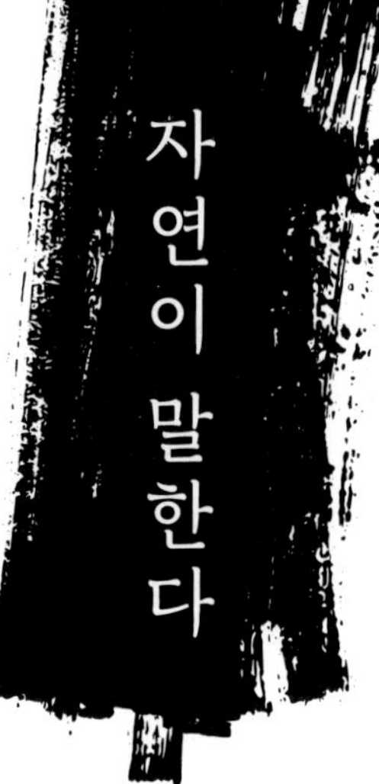
자연이 말한다

생 존 (두릅)

아프다
깡마른 목을 또

털끝을 가시같이 세워도
핏기 하나 없이 죽은 채 있어도
날 또

내 발은
잘려나간 내 주검을
그곳에 두고
다른 땅을 향해 걸어간다.

멀리 왔다 했는데
머리를 들고 보니
바로 또

송장 같은 모습으로
수피를 에는 골짜기 혹풍酷風에 맞서
동지들과
끊임없는 투쟁을 한다.

잘린 옆구리로
팔을 뻗어
하늘을 향해
파란 불꽃을 흔들기 위해

매미는 울지 않아

울고 있다고?
웃기지 마라
난 삶을 부여잡고
온몸을 떨었다.

비겁하게 숨어
소리 지르는 게 아니라
이 악다물고
허물 벗고자 신음했다.

너무 시끄럽다고 불평하지 마라
짧은 생
단 한 번 날고파서
치를 떨었다.

땅속 절망에서, 생의 365배 시간을 죽어 살고
빛을 보고 나무를 기어오르는데 생의 절반을 살고
허물 벗는데 남은 생의 절반을 살고
날개를 퍼덕이기 위해 남은 생의 힘을 모두 다 쏟았다

가는 봄, 야생화

걷다 보니 가고 없습니다.

꽃비가 내린 자리
유채, 민들레, 별, 제비가 드문드문 있습니다.

노란 유채꽃 위론
늦봄 뿌연 하늘이 우울합니다.

콧대 높은 민들레 위론
벚꽃 엉성한 벚나무가 지쳐갑니다.

작은 별꽃 옆엔
등나무 등이 힘없이 늘어집니다.

휘아킨투스빛 제비꽃 옆엔
당신이 있었는데

화이트펄 목련으로, 노란 개나리로, 하얀 벚꽃으로 왔던
당신이 가고 없습니다.

“이아”는

해마다 양치기 “아티스”를 기다렸지만

저는 꽃비 내린 자리에서

꽃이 놓고 간

녹음방초를 내 눈에 가져다 놓았습니다.

아직도 당신을 가슴에 품은 야생화들과 함께

깊은 가을은 태양이 없는 날에 온다

태양이 없는 날에
바람은 스리고

메마름 안고
가을 문틈을 파고든
갈잎

거부할 수 없는 유혹
떨리는 손

계절을 확인할 이유는 없다
익숙하니까

이른 새벽 시장통 골목에 비가 걷는다
쇠창살이 빼곡해지고
으실한 차가움은
더 익숙한 과거로 간다

지워진 시간
가을이 걷는다
저짬치에서
더 뒤로

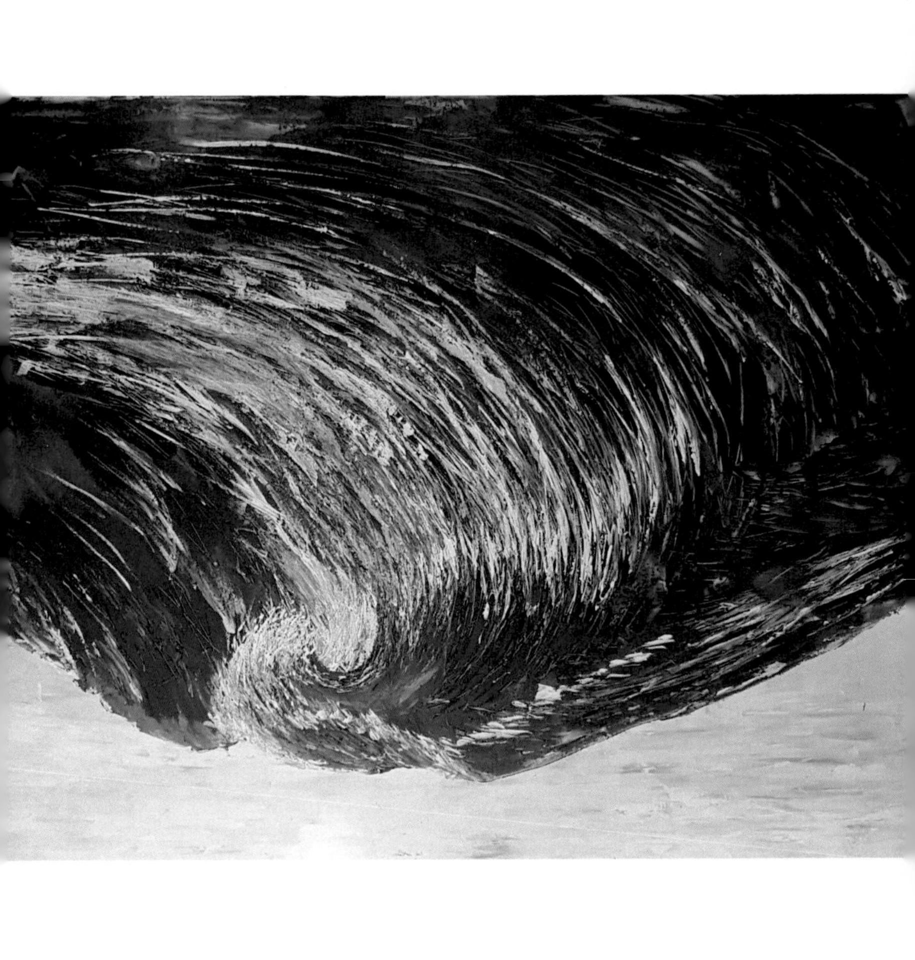

가을날 낙엽에서는

썩은 낙엽에서 사람의 냄새가 난다

썩은 낙엽에서 생명의 맛이 난다

썩은 낙엽에서 철학이 태어난다

썩은 낙엽에서 우주가 만들어진다

썩은 낙엽에서 시를 구한다

가을은 어디로

바싹바싹
하풀하풀

낙엽은

또다시 봄으로 간다.
또다시 기다림으로 간다.

눈 쌓인 은행잎

내 끝까지 남고자 함이 아니었고
가지에 쌓이는 눈을 보고자 함은 아니었다.
바람아 자꾸 흔들지 마라
때가 아니다
곧
나도 가리
어쩌다 지금껏 남아
내리는 널 만났다
추울 거라 생각 마라
내 살갗이 뭉개지도록
널 위해
하룻밤 껴안은 인연으로
수절하며
이별하지

무궁화 하나

눈 녹인 햇살로부터 활활 타는

하늘을 맞서며 시퍼렇게 질리도록

다섯 잎 갈래꽃 함께 피었기에 함께 진다

한 치의 흐트러짐 없이 수의를

단단히 조인 주검처럼 이토록

끝이 깨끗할 수 있을까

난 죽을 날을 안다

그러므로 삶은 내내 태양에 맞서 당당하다

말없이 스스로 염습한다

주검이 아름다운 꽃 너를 무궁화라 부른다

무궁화 둘

세상이 잠든 밤에 서리와 함께 떨어지는

널 한 번도 보지 못했다.

천년을 군림했던 대륙의 지배자 한민족의 기상을

매화 벚꽃에 비길 수야 없지 않느냐

바람 불어지지 않는 꽃이 있더냐

너를 무궁화라 부른다

스스로의 죽음을 준비하는 꽃이 있었더냐

가을이 오는 길

가을은 오지 않고 내린다. 내린다 가을
가을은 새벽에 내린다

가을은 오지 않고 젖는다. 젖는다 가을
가을은 새벽에 젖는다.

파도 하나

겨울이 깊이깊이 얼어가면
태양은 낮게 낮게 가라앉고
파도는 높이 높이 솟구친다

파도는 태양을 핥고
태양은 파도를 뚫고
파도는 태양을 파고들고
태양은 눈썹을 파고들고

파도가 뜨거워지면 겨울이 얼어간다

파도 둘

바람이 노래를
파도가 춤을

노래가 보이면
춤은 사라진다

산, 강, 바다

산아 담담하냐

강은 너를 향한 동경

바다가 널 위해 화려한 춤을

지리산 천왕봉에 오르는 마흔다섯

첫새벽
찬 빛으로 눈을 찔렀어.

이러다
독백은 침처럼 흘러내려

지금은 견딜 필요 없지…

그냥… 넋 없이 눈물이나…

어쩌겠어

걸어야지 깊숙이

별이 녹은 아침

하늘이 파래

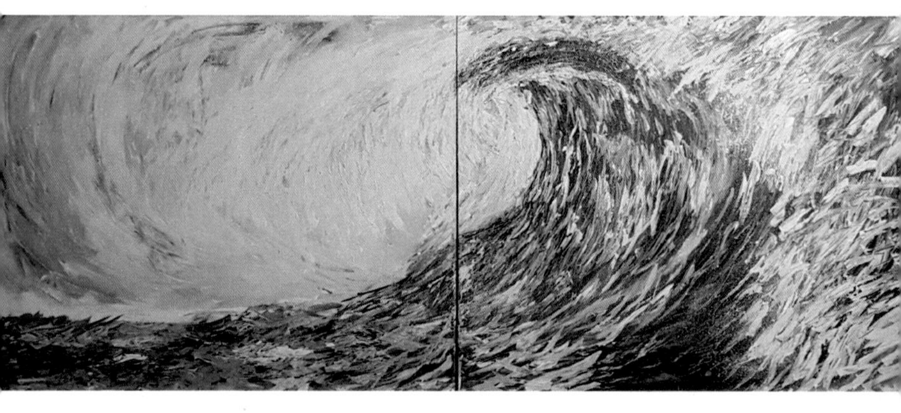

설악산 암자들이 하는 말

바람 앞에 촛불은 죽음으로 내몰리지만
흔들리는 그림자는 그로 인해 살아난다.

삶과 죽음은 일(1)이라
바람 일자 구름 가고 산도 가고 나도 가고

죽음은 바람 소리로
산은 입 다물고
구름은 무심하게
나도 말이 없이 걷는다.

영시암 봉정암 돌아 오세암 백담사로
짐승의 울음과

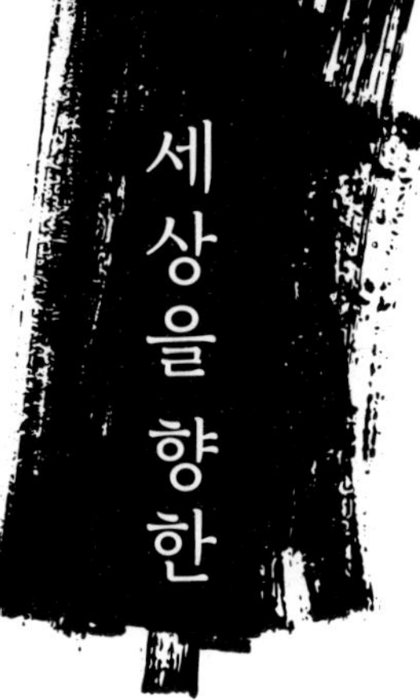
세상을 향한

길은 끊어지고 역사는 이어지고

광화문 석담은 대한민국과 조선을 차갑게 갈라놓지만, 서로는 이미 내통한다. 대한민국 수도 서울 한복판에 조선의 왕과 장수가 앉고 서고, 그 그늘엔 쥐들이 뒷목이 늘어지도록 배지가 불렀다. 임금부터 아전까지 권력으로 도적질해 처먹고, 백성은 헐벗고 굶주리는데, 쥐새끼 같은 무리들은 권문세가에 들붙어 유유상종하고, 나라 곡간은 비는데 백성더러 부지런히 일하란다. 도적놈이 도적놈과 주고받고, 밀어주고 당겨주고, 국법이 지엄한데 법은 법일 뿐이다. 그렇게 또 그렇게 조선의 역사가 대한민국으로 거침없이 헤집고 들어온다. 농민운동. 독립운동. 민주운동. 民의 피로 투쟁으로 죽음으로 지켜온 이 땅에, 民이 살아갈 길이 없다. 길은 끊어지고 역사는 이어지고, 길은 사라지고 民의 한숨은 이어지고, 길은 막히고 民은 죽음으로 내몰린다. 다시 세운 조선은 이미 500년 전 침략자들의 후손에 다시 짓밟히고, 대한민국의 심장은 추운 겨울어둠으로 내몰린다. 대한민국의 밤은 흙빛으로 채워지고, 배고픈 民은 포장마차 어묵으로 배를 채운다. 나.는. 다.시. 조.선.의. 길.을. 밟.는.다.

한옥

넓은 회벽들 다 비워놓고 박공벽 한 켠에다 조심스럽게
집안의 화목과 행운을 빌지 않았던가

강가 마을에선 돌을 쌓지 않고 흙으로만 담장을 쌓아 마
을의 안녕을 구하지 않았던가

종가에서는 불천위 사당을 만들어 조상의 은혜에 감사하
며 선비정신을 이어오지 않았던가

밥 짓는 연기가 보이지 않도록 굴뚝을 낮게 낮게 만들고
쌀뒤주를 열어놓고 나눔을 실천하지 않았던가

살고 싶은 세상

인간성 고양에 대한 자생의 노력 없이
스스로의 사회적 헌신 없이

법과 제도, 이념과 정치, 권력에만
사회의 정의로운 개선과 올바른 진보를 맡겨서야

살고 싶은 세상은 사회가 만드는 것은 아니겠지
내가 그런 세상을 살아가는 것이다

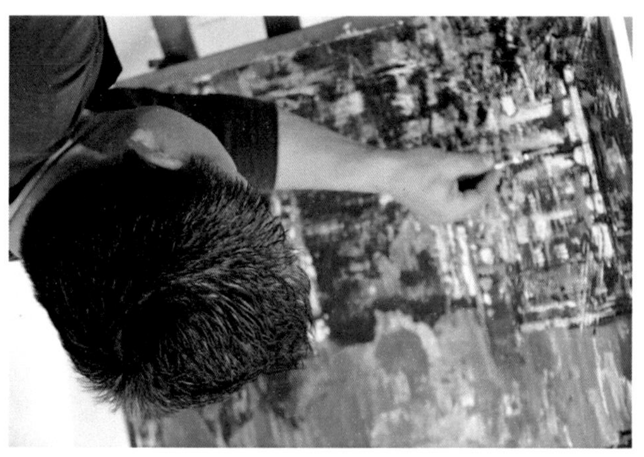

서울살이와 예술

문화적인 기반이나 유통에서 서울과 지방의 차이는 좁혀지지 않는다. 좁혀지지 않을 뿐 아니라 더 벌어지고 있다는 생각이다. 정치적으로 지방분권을 추진하고 있지만, 서울집중의 욕망은 안팎에서 시들지 않고 있다. 그래서 문화·예술계에서 입지를 세우고 싶다면 서울지향은 당연하다고 생각한다. 하지만 과연 서울살이가 그렇게 녹록한가. 창작의 여건을 마련하는 것조차도 쉽지 않다. 먹고 사는 데 걱정이 없을 만큼 돈이 있다면 모르지만, 가난한 예술가의 삶이란 희망과 절망이 쉼 없이 교차하는 그것이다.

여기 서울에서 그림을 그리고 시를 쓰는 이가 있다. 먹고 살기도 힘든데 그림도 그리고 시도 쓰면서 살다니! 한편으로 부러움을 살 만도 하다. 그러나 정작 살고 있는 생활을 들여다보면, 한마디로 '사서 고생한다'는 말이 나올 만하다. 사서 고생을 하면서도 그림을 그리고 시를 쓰는 까닭은 무엇일까.

시 뒤에 숨어 살고
시를 쓴다고 나불거리고
뒷길로 돌아서 옥탑방으로 간다

시 앞에서 알랑거리고
시를 읽고 투덜거리고
뒷길로 돌아서 옥탑방으로 숨는다

「나는 오늘」 전문

특히 시는 경제적 가치와 효용에서 쓸모가 없는 생산물이다. 좀 더 돈을 많이 벌고, 좀 더 나은 생활을 위해 열심히 살아야 하는 세상에서 시는 뒷걸음질하는 것이다. 겉으로는 시를 쓰는 행위가 '낭만적'으로 비춰질지 모르지만, 정작 시를 쓰는 행위 자체는 낭만적이지도 고상하지도 않다. 끊임없이 자신의 비루함을 마주하는 것이고, 자신의 위선을 개탄하는 것이고, 무지와 편협을 자책하는 것이다. 그래서 시 앞에서는 알랑거리고, 시 뒤에서 숨어 산다. 시를 쓴다는 것은 사회적 직위나 명함으로 내세울 것이 못되는 세상이기 때문이다. 그래도 시를 쓸 수밖에 없다는 것은, 쓰지 않고는 배길 수 없는 '업'이기 때문이다.

글이 아른거려 보이지 않거나 쓰여지지 않거나

난 너를 쓴다

비는 시끄럽게 사납게

그래도

너를 쓴다

「시」 전문

시인은 '너'를 쓴다고 한다. 보이지 않는 모습을 찾거나 마주 앉는 존재로 본다. 살아 숨 쉬는 생명으로 본다. 대화할 수 있는 대상이며, 위로를 주고받을 수 있는 친구로 볼 수도 있다. 그렇게 시는 쓰는 이에게 무형이 아닌 유형의 사물이자 존재이다. 그것은 쓰는 이의 겉치레나 허위로 만날 수 없는 존재이기에 힘들고 괴롭다. 그러나 최대한 그렇게 만날 수 있을 때, 시는 당당한 자긍심을 돌려준다.

어쩌다 지치고
휘어진 등을 보는 시선이
가장 두려울 때가 있다

때로는 남루하고
낡은 세상의 침묵이
가장 무거울 때가 있다

살다 보면 어색한 모습만으로도
알고 있는 마음이
가장 무서울 때가 있다

「무게」 전문

무엇을 안다고 말할 수 있을까. 반복되는 것이지만, 날마다 맞이하는 세상과 경험은 또 조금씩 다르다. 나의 시선, 내가 느끼는 것, 내 마음이 때때로 달라지는 것이 존재인 것이다. 안다고, 이해할 수 있다고 여겼던 것들이 눈이나 마음을 찌를 때가 있다. 타인의 고통을 온전히 내가 느낄 수 없다. 이런 내면의 모순과 분열을 시인은 지나칠 수가 없다. 세상살이와 타인의 고통을 온전히 내 몫으로 치환하지 못하는 갈등에 시인은 예민하다. 아니 예민할 수밖에 없다.

종로구 금천시장 어둠은
도열한 네온사인 사이로
붉은 눈빛 무리들이
몰고 들어온다

그 속에
어제 같은 오늘이
또 밤이
또 술이
그렇게

「종로구 금천시장」 전문

시장 골목은 사람살이의 내력이 가장 오래, 가장 끈질기게 이어오고 있는 것이다. 밤이 되면 시장도 사람도 붉은 눈빛이 된다. 어둠을 물리치고 있는 풍경은 한 잔의 술이 고픈 시인을 붙잡아 앉힌다. 어제 같은 오늘이라고 말했지만, 사실은 또 오늘만의 시간이다. 그렇게 그 속에서 시인은 술 한 잔을 따른다.

시와 시인은 장소와 시간을 벗어날 수 없다. 벗어날 수 없는 그 속에서 정신은 마음대로 벗어난다. 그리고 햇빛이나 밝음보다는 어둠 속에서 비로소 스스로를 마주할 수 있다. 바닥이나 어둠이 익숙한 것은 피가 그렇기 때문이다. 쓰는 사람은 그것을 외면하지 않는다. 아니 기꺼이 마주할 뿐이다. 시장 골목에 술 한 잔을 앞에 놓고 붉은 눈빛이 되어 스며든다. 그래서 또 시인은 이렇게 말한다.

이른 새벽 시장통 골목에 비가 걷는다
쇠창살이 빼곡해지고
으실한 차가움은
더 익숙한 과거로 간다

「깊은 가을은 태양이 없는 날에 온다」 부분

비는 사실 함께 걷는 것이라고 볼 수 있다. 스스로가 비가 된 것처럼, 지난 저녁의 붉은 눈빛은 이제 새벽의 차가운 공기 속에서 식어있다. 그리고 새벽에 밝아지고 있는 하루나, 미래를 점치기보다는 더 익숙한 과거로 간다고 한다. 춥고 시린 날들이 지금까지 이어져 왔고, 아마도 그런 날은 더 이어질 것이기에 과거가 곧 현재이다. 결국 희망이나 낙관을 믿지 못한다.

지금껏 가만히 아무것도 안 하고 있었습니다.

선 채로 앉은 채로 멈춘 그대로, 이렇게 늘

쳐다만 보고 끝도 없이 기다림이 지속됩니다.

「곁에 서서」 부분

줄곧 창작을 위해 몸부림쳤지만 '가만히 아무것도 안 하고 있었다'고 말한다. 그리고 기다린다. 결국 창작이란 기다림 이상도 이하도 아닐 것이다. 기다린다고 해서 분명하게 다가온다는 보장은 없다. 사람도 마찬가지다. 당신이 내가 아닌 이상, 내가 할 수 있는 것은 분명한 한계뿐이다. 창작이든 삶이든 사람이든 우리는 분명한 한계를 인정해야 할 뿐이다. 그럼에도 지속해야 하는 것은 기다릴 수 있기 때문이 아닐까.

녹록하지 않은 서울살이와 창작의 갈등, 고민 가운데 시인은 기다린다. 애착을 미뤄놓는 것, 집착을 스스로 떼놓는 것이야말로 이 풍진 삶을 살아가는 지혜일 수도 있을 것이다. 그래서 '텅 빈 일상에 소금을 친다'고 말한다. 그 소금이 그림과 시이기도 할 것이다. 허세와 위선으로 썩어가지 않으려고 소금을 치는 일상이 시집 속에 빼곡하다.

눈물의 성분도 들어있는 소금기를 읽었다.

김한규(시인)